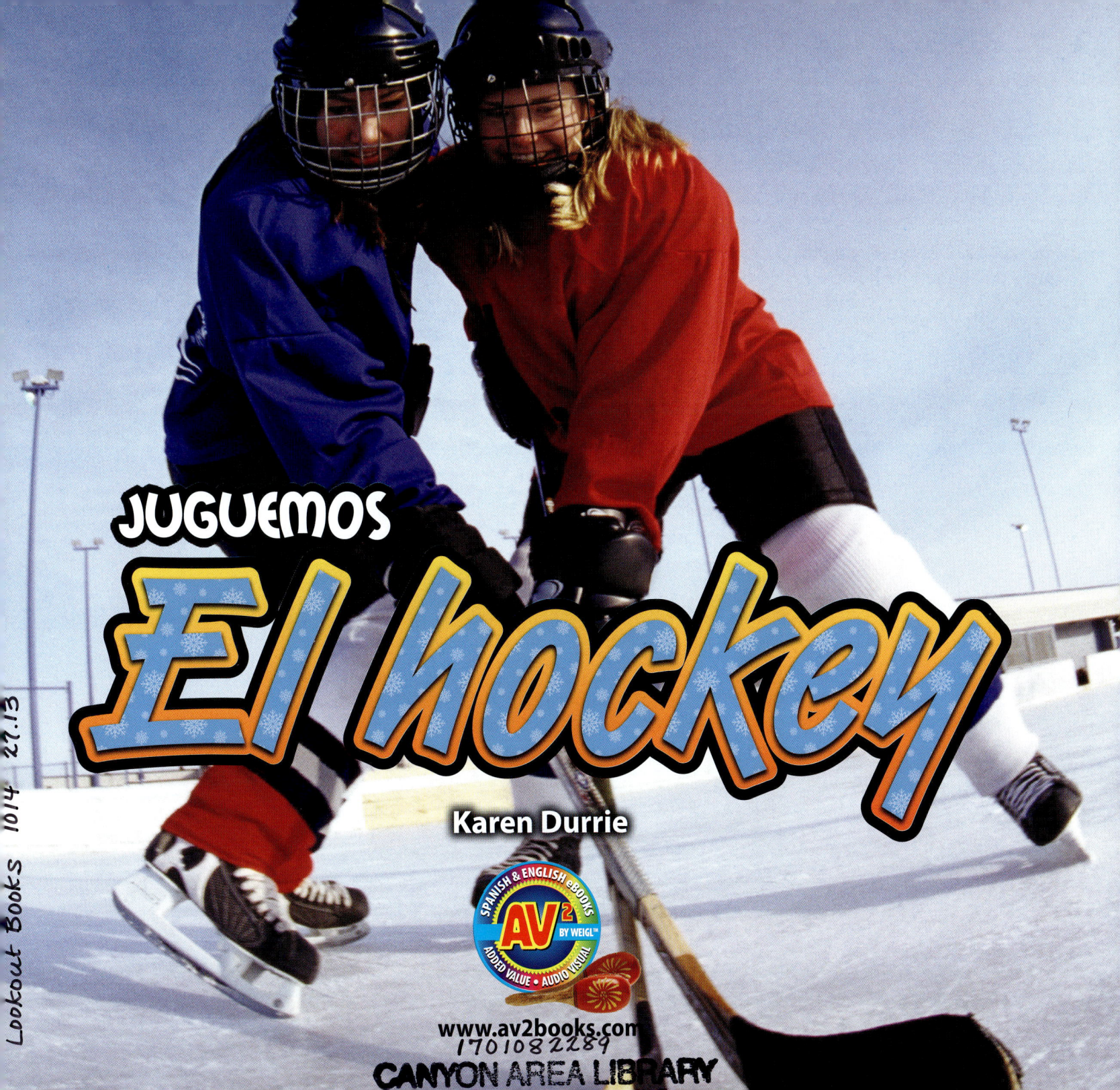

JUGUEMOS
El hockey

Karen Durrie

Go to **www.av2books.com**, and enter this book's unique code.

BOOK CODE

Q76104

AV² **by Weigl** brings you media enhanced books that support active learning.

This AV² media enhanced book gives you a fully bilingual experience between English and Spanish to learn the vocabulary of both languages.

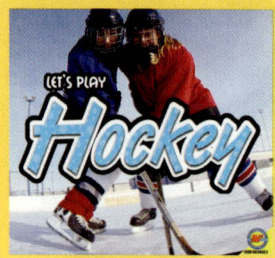
English

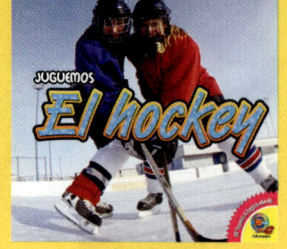
Spanish

AV² Bilingual Navigation

LANGUAGE TOGGLE

PAGE TURNING

CLOSE

HOME

PAGE PREVIEW

Copyright©2013 AV2 By Weigl. Library of Congress Cataloging-in-Publication Data is located on page 24.

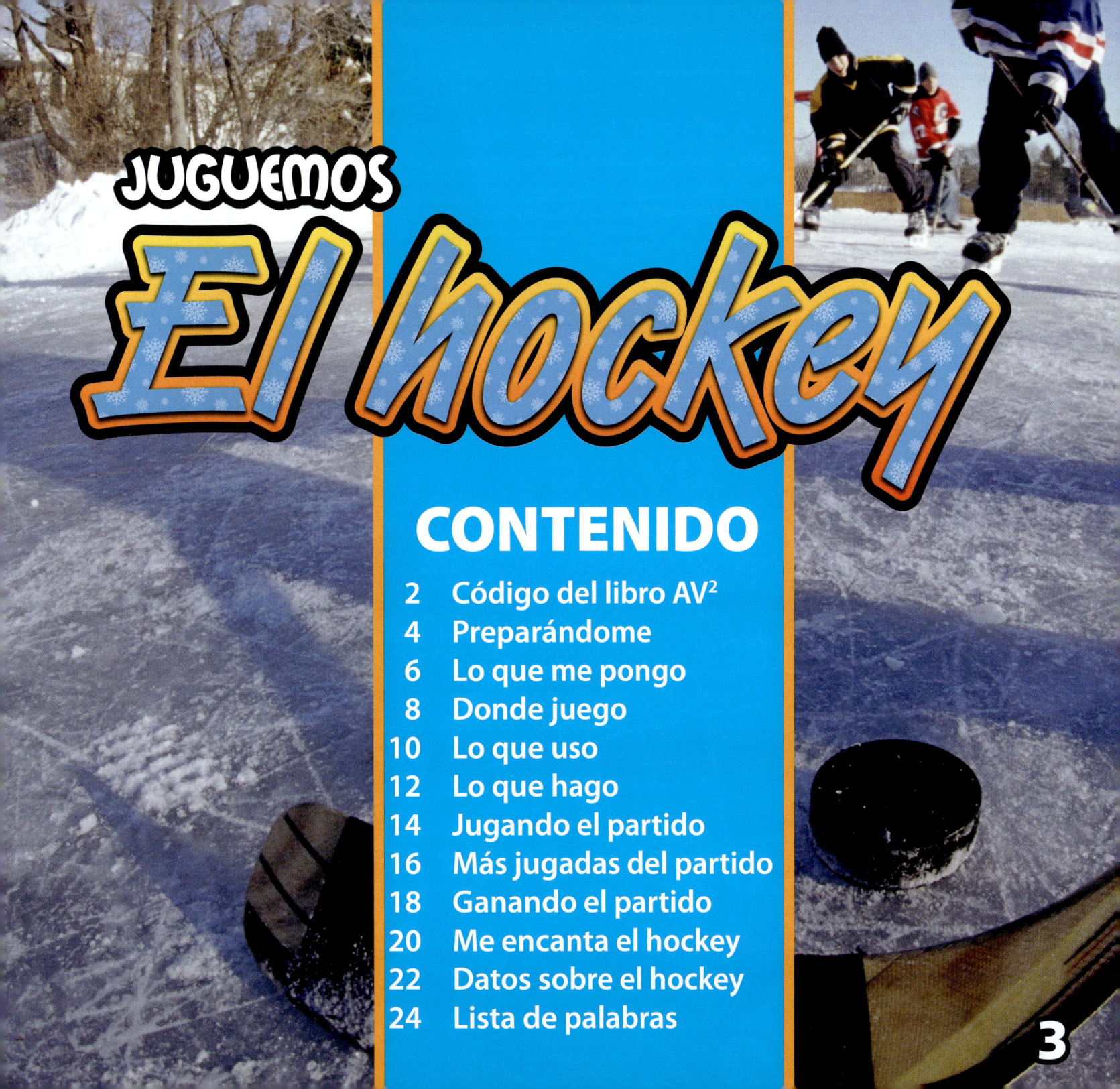

JUGUEMOS
El hockey

CONTENIDO

- 2   Código del libro AV²
- 4   Preparándome
- 6   Lo que me pongo
- 8   Donde juego
- 10 Lo que uso
- 12 Lo que hago
- 14 Jugando el partido
- 16 Más jugadas del partido
- 18 Ganando el partido
- 20 Me encanta el hockey
- 22 Datos sobre el hockey
- 24 Lista de palabras

Me encanta el hockey. Hoy voy a jugar al hockey.

Como un PROFESIONAL

Se jugó hockey por primera vez sobre lagos y ríos congelados.

Me visto para jugar al hockey. Me pongo mi camiseta. Es amarilla.

Como un PROFESIONAL

Uso hombreras para no lesionarme.

Voy a la pista de patinaje en hielo. Es grande y fría. Me encuentro con mi equipo.

Como un PROFESIONAL

Una pista de patinaje en hielo tiene tuberías debajo del hielo para que no se derrita.

Me pongo mis patines. Uso un casco y guantes.

Como un PROFESIONAL

Las cuchillas de los patines de hockey se deslizan con rapidez sobre el hielo.

Patino sobre el hielo. Sostengo mi palo de hockey.

Como un PROFESIONAL

Patinamos en círculos. Eso nos hace entrar en calor para jugar.

El disco cae. El partido comienza. Empujo el disco con mi palo de hockey.

Como un PROFESIONAL

Sostener mi palo de hockey me ayuda a mantener el equilibrio.

Patino con velocidad. Paso el disco. Avanzo sobre el hielo.

Como un PROFESIONAL

El entrenador nos dice cuándo descansar y cuándo jugar.

Lanzo el disco. Entra a la red. Apunto un gol.

Como un PROFESIONAL

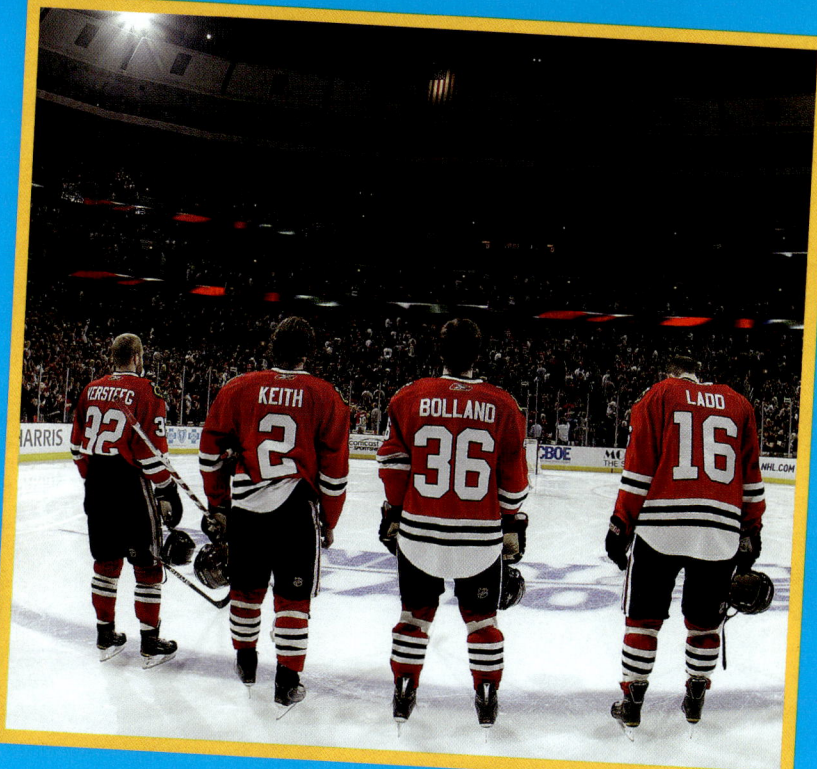

Los equipos trabajan juntos para ganar un partido. Cada jugador tiene un trabajo que hacer.

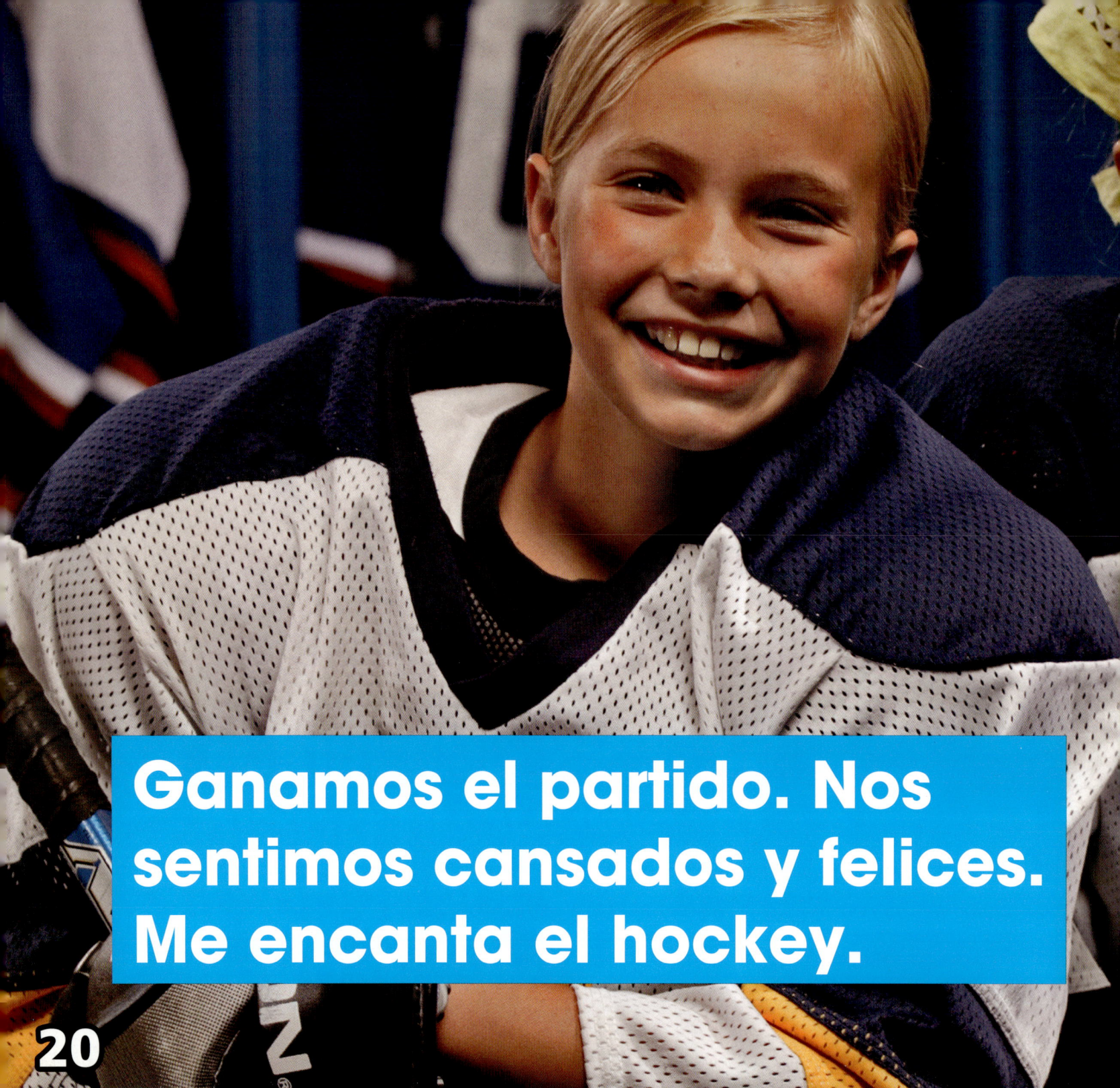

Ganamos el partido. Nos sentimos cansados y felices. Me encanta el hockey.

DATOS SOBRE EL HOCKEY

Esta página proporciona más detalles acerca de los datos interesantes que se encuentran en este libro. Basta con mirar el número de la página correspondiente que coincida con el dato.

Páginas 4–5

La palabra hockey viene de la palabra francesa "hoquet", que significa "bastón del pastor". Hay dos equipos en un partido de hockey. Cada equipo trata de poner el disco en la red del otro equipo. El equipo que marque más goles durante el partido gana.

Páginas 6–7

El hockey requiere mucho equipo. Los guantes de hockey protegen las manos del jugador y las mantienen calientes. Se usan hombreras y coderas debajo de la camiseta. Los pantalones de hockey son pantalones cortos acolchados que se usan para dar calor y para proteger a los jugadores cuando se caen en el hielo. Los cascos pueden incluir una rejilla de protección facial para prevenir lesiones.

Páginas 8–9

La pista de hockey es una gran capa de hielo con una red en cada extremo. Paredes altas alrededor de la pista de hielo mantienen a los jugadores y el disco en el interior. Las líneas y círculos pintados debajo de la capa de hielo son importantes para el juego. Los círculos muestran dónde los oficiales deben dejar caer el disco para empezar el partido.

Páginas 10–11

Lleva tiempo adquirir destreza en los patines. Al principio no es fácil mantener el equilibrio con las cuchillas delgadas de metal sobre una superficie resbalosa. Deslizarse, patinar con velocidad, girar, parar de pronto, cambiar de dirección y epatinar hacia atrás son todas habilidades esenciales para jugar al hockey.

Páginas 12–13

Los músculos fríos están tiesos, y las torsiones y giros repentinos pueden producir lesiones. Calentar y estirar los músculos antes de jugar al hockey puede reducir el riesgo de lesionarse. Los músculos que han entrado en calor también producen energía con más rapidez. Esto le permite al jugador patinar con más velocidad y actuar con más precisión y habilidad.

Páginas 14–15

Los discos de hockey están hechos de una mezcla comprimida de caucho, polvo de carbón y aceite. La mayoría de los palos de hockey están hechos de madera, pero algunos son de grafito, o una combinación de grafito y fibra de vidrio. Patinar sosteniendo un palo de hockey les ayuda a los jugadores a mantener el equilibrio.

Páginas 16–17

Los equipos de hockey tienen más jugadores que las posiciones que hay en el hielo. Los jugadores que no están en el hielo se sientan en los banquillos de reservas que tienen puertas especiales para entrar y salir de la pista de patinaje. El entrenador les dice a los jugadores cuándo salir y descansar, y cuándo entrar a jugar.

Páginas 18–19

Es emocionante anotar goles y ganar partidos, pero también es importante adquirir nuevas habilidades y disfrutar del deporte. En hockey, trabajar juntos en equipo pasando el disco y creando buenos tiros ayuda a un equipo a tener éxito. Si se gana un partido de hockey, es el equipo el que gana, no sólo los jugadores que anotaron los goles.

Páginas 20–21

Para practicar un deporte se necesita un equipo y un lugar especial donde jugar. También se necesita preparar el cuerpo para un trabajo duro. La alimentación sana es un combustible que ayuda al cuerpo a hacer lo mejor que puede. La buena alimentación fortalece los huesos y les da energía a los músculos. Un bocadillo y bebida después de practicar deportes ayuda a reemplazar la energía gastada durante el juego.

Check out av2books.com for your interactive English and Spanish ebook!

1. Go to av2books.com
2. Enter book code Q76104
3. Fuel your imagination online!

www.av2books.com

Published by AV² by Weigl
350 5th Avenue, 59th Floor New York, NY 10118
Website: www.av2books.com   www.weigl.com

Copyright ©2013 AV² by Weigl
All rights reserved. No part of this publication may be reproduced, stored in a retrieval system, or transmitted in any form or by any means, electronic, mechanical, photocopying, recording, or otherwise, without the prior written permission of the publisher.

Library of Congress Cataloging-in-Publication Data

Durrie, Karen.
  [Hockey. Spanish]
  Al hockey / Karen Durrie.
       p. cm. -- (Juguemos)
  Includes bibliographical references and index.
  ISBN 978-1-61913-201-6 (hardcover : alk. paper)
 1. Hockey--Juvenile literature. I. Title.
  GV847.25.D8718 2012
  796.962--dc23
                                                      2012019004

Printed in the United States of America in North Mankato, Minnesota
1 2 3 4 5 6 7 8 9 0 16 15 14 13 12

062012
WEP100612

Senior Editor: Heather Kissock
Art Director: Terry Paulhus

Weigl acknowledges Getty Images as the primary image supplier for this title.